A COR DOS MEUS VERSOS

Isabelle Scalambrini

A COR DOS MEUS VERSOS

Isabelle Scalambrini

EDITORAS ASSOCIADAS

Amar é um elo
Entre o azul
E o amarelo

Paulo Leminski

POR INTEIRO

Não entendo
A poesi
Como al
Que compl
Ou expl
Mas como al
Que

DOPAMINA

Segregados e criados
Doentes e cansados
Mortos por dentro
Sem perceber que tudo está morto por fora

Não tem metáfora neste poema
Nossa vivacidade nos foi sugada
Nossos impulsos são enviados pela metade
Falta compreensão
Vontade

Enquanto estamos todos dopados

IDENTIDADE

O que é identidade
Além da biológica
Se procuramos entre os diferentes
Os iguais

Segregamos em grupos confortáveis
Em que há concordância mental
Que cresce
Amadurece
Mas apodrece

Deixamos de experimentar identidades
Porque experimentamos sempre os mesmos sabores
Basta entender que nem sempre há paralelismos
E mesmo assim, concorda

COTIDIANO

Andar a esmo junto ao pôr do sol
Por vias conhecidas do acaso
Num cismar vago
Sem saber que logo acaba
                    amanhã repete

Andar a esmo junto ao pôr do sol
Num cismar vago e cabisbaixo
Logo acabando
Se alimentam de mim
                    definhando estou

Andar a esmo
Em vias desconhecidas conhecidas
Que passo e não conheço
Definhado, acabado, jamais conhecerei
                    me sugam esperanças

REALIDADE

Realidade é mata que desmata
É rua nua
Vazio mudo
Preenchido com voz da nata

Danada, calada, surrada, acabada
Meta sem sentido
Foco desfocado
Sonho riscado

Realidade é individual
Egoísta
Poética
Efêmera
Erótica
Exótica
Imergindo
Na realidade da ilusão

OBSTÁCULO

Obrigados a levantar o corpo
Enquanto a cabeça se mantém em repouso
Alimentar uma rotina odiada
Adiada
Constante pressão
Não vai fazer nada?

Não consegue fazer nada
Continua dopada
Ponto alto quando o café quente
Rasga a garganta seca
Amarga
Não vai sair hoje?

Já cansados não a chamam mais
Amarela da cabeça aos pés
Como vive com pensamento fundo
Ao mesmo tempo flutuando
Em mundo que não reconhece sua fraqueza
Não tem gente pior?

Relativizam e tentam diminuir
Só aumentam
Falta reconhecer dor boba
Que mata bobo e louco
Fique bem

Acreditamos em você

PIRO

Meu ar expirado parece veneno
Aqui do lado de dentro só tem coisa ruim
Morte pensada
Vivida
Entalada
Resquício de amor
Vivido
Esquecido
Música triste escutada
Largada
Vida sofrida
Amargurada
Acabada

Toda vez que respiro
Sai um pouco disso tudo
Veneno pra quem inspira
Liberdade pra quem libera

A cada vez que respiro
Renovo

ASTÚCIA

Não há perspectiva
Para sonho realizado
Educação suficiente
Fim do começo do fim

Não há mais respeito
Apenas ameaças
"Coisa de diabo"
Se não for diaba

Dei asas
Deixei para quem verá

A felicidade estará onde não estou
Não me é suficiente
Se não sei quem sou
Se não sei para onde vou

A felicidade estará onde não estou
Se não me encontro
E mesmo ao meu lado
Não identificarei

A felicidade estará onde não estou
Não sei
Tudo é mudança
E mudei

COLHEITA

Querem colher mais frutos que produzo
Quando colhem
Colhem podres
Ou colhem
E não utilizam
Meus frutos de sabor amargo

Têm sabor amargo
De tentar ser doce e não conseguir
De tentar produzir mais e falhar

Não colham meus frutos
Já não servem
Não são do sabor que querem
Não são usados para agrado
São usados como exemplo
Mau exemplo

Não produzam frutos como eu
Planta como essa
Acaba cedo
Amarga a vida
Engole a seco
O que querem que engulamos
Com apreciação

Engraçado mesmo
É perceber
Que a fruta é doce
Só depois de apodrecer

CECÍLIA

Quando o anil do céu se fecha
A parte alaranjada do dia aparece
Brincando com linha e agulha, tece
Sentada na porta da casa às seis, prece

Hora dos anjos meu avô dizia
Passa o café, Dona Maria
Lá de longe ela dizia
Vem pra casa, pequena Cecília

Lava o pé
Lava a mão
Vem comer pra brincar mais
Come tudo e ganha bolo
Vai pro quarto se acabar no choro

Coitada de Cecília
Tão pequena e já sente a dor da vida
Tão maior que suas mãos
Não conseguindo alcançar
Larga tudo e vai brincar

Contava histórias através da janela
Lá o horizonte encontrava
Dava "oi" como se dissesse
"Até logo"

O mundo te pertence, Cecília
Mas lembre-se que não é só seu

Enquanto o anil do céu voltava
Cecília de olhos fechados
Dona Maria prepara leite e pão
Hora de viver, meu avô dizia
O dia é longo
Acaba a vida
Deus abençoe, pequena Cecília

REALIZAÇÃO

Não faço questão de ser alguém na vida
Se murcham todas as flores do meu jardim
Se seca todo rio que me banha
Se leva toda brisa que me toca
Se esmaga tudo de uma vez

Se esmagou meu coração
Meus pensamentos
Meu desejo
Minhas vontades
Só faço o que mandam
Ainda falho

Espero o dia
Que cama dura
E travesseiro mole
Valham mais

HISTÓRIA

Incompreensível o seu mundo
Chega a cavalo
Vai embora de avião
Muda rápido
Voa o tempo
Compaixão
Ódio
Explosão

INSTRUMENTAL

Era para mim
Era para você
Era para nós
Era para elas
Era para todos
Ou
Era para mim
                    Para mim
                    Mim
                    Eu

O DIA EM QUE ME MATARAM PELA PRIMEIRA VEZ

Morri pela primeira vez
Quando não soube responder
Questionamento de minha integridade
Me mataram com flechadas
De interrogações

Morri pela segunda vez
Quando me pediram
Para ser mais objetiva
E não me veio resposta

Hoje, já morri demais
Para ser quem sou
A cada vez que errei, me mataram
Morri dez, onze, doze vezes
Cada vez que escolhi a via crucis

EXISTÊNCIA

Tinha uma pedra
No meio do caminho
Essa pedra era eu
Pequena
Bem pequena

Passavam por mim
Não reparavam
Pisavam
Chutavam
Não era nada

Ninguém teve a curiosidade
De observar de perto
Para ver que era pedra brilhante
Brilhei sozinha
Rolando de um lado a outro
Enquanto não paravam de me chutar

ORIGAMI

Desejava dobrar papéis
Criar formas
Tão amassadas
Assimétricas
Mas não mais que eu

AFLOROU

Elas se parecem com as flores
Que crescem no meu jardim
Umas amareladas
Outras alaranjadas
                    Todas crescem em sintonia

Os cravos abrem alas para elas
Reconhecem que têm espaço no jardim
                    Todos juntos em harmonia

As diferenças emergiram
Todos brotam no meu jardim

CAMÉLIAS

Queriam que fosse Amélia
Sou porque me deram esse nome
Dona de mim
Sou quem sou
Sei quem sou

De camélia branca no cabelo
Me quero livre
Me deixe em paz
Nem tão leve, estou me soltando

Não queiram nada de mim
Sou mulher
Decidirei quem serei

SER MULHER

Sou a força de uma mulher
Que morreu e sobreviveu
Que nem por um trabalho fora de casa
Deixou de amedrontar

Sou a alma árdua de uma mulher
Que mesmo livre
Continua presa

Sou a luta
A força
A dor
O suor
De uma mulher
Que quer ser Mulher

INVASÃO

Menina ingênua
Sonhava com a liberdade
Menina ingênua
Foi invadida
Nela, plantou-se a Inocência

Mulher ingênua
Via Inocência aprender a falar
Amamentava dor e suor
Da mulher que sai no claro
Volta no escuro
Para alimentar Inocência de esperança

IARA

Foi descendo o rio que a vi
E chegando no mar
Tão bonita quanto Iemanjá
Desejei a amar
Era ela, Iara
Rainha do meu mar

Nos seus curtos cachos
Que demonstravam sua aceitação
Eu me enrolava
Nos seus olhos de jabuticaba
Me lambuzava

Dançávamos nossa valsa
Ao som de Gil, Caetano e Bethânia

Fomos para o Rio
Conhecer a maravilha da cidade
Andamos com saudade da nossa terra
Nossa alma ficou lá na Bahia

Mulata bonita
Iara sambava para gringo ver
Ê saudade da Bahia!
Lá a gente samba para negro
Não para gringo ver

Nosso samba não é vai e vem de bossa nova
É axé
Do afoxé

NOSSO INTERIOR

Tropeçar nas pedras da rua
Sentar na escada da igreja de quem não tem fé
Para ver a lua

Coração quente de gente inocente
De gente inteligente
Que prefere o óbvio
Não lida com frieza
Nem com o caos

A noite surge entrelaçando
A parte nua de minhas costas
Sobe desenhando formas circulares
Até a ponta dos fios dos meus cabelos

Quando olho para fora
De repente
Escureceu

EMOLDURADO

O colocaram em uma moldura
Ele a ultrapassou
O queriam de um jeito
Ele renovou

Seus cabelos volumosos
Braços abertos
Pernas juntas e firmes
E uma pilha de sonhos cumpridos e a cumprir
Ultrapassaram os limites

A moldura quebrou
Aprenderam enfim
Que se moldam planos e sonhos
Não um filho

CHORA A AMORA

Sobre a boca de amora
Com seu cheiro de pitanga
Ela chora
Ela anda
À procura de um amor

Sobre a boca de Amora
Ela ama
Sem amor

NO PÉ DE AMORA

Debaixo do pé de amora
Ela ora
Ela chora
Por não crer em nada

Alma enferma
Fria, arrasta
Busca misticismos
Sincretismos à parte

No fim, continuou buscando
Apenas
O motivo de sua melancolia

DOR QUE CONSTRÓI

Impetuosas e ásperas palavras que ouvi
Pelo ardor argumentado
Pela falta que lhe fiz
Padeci ali mesmo de culpa
Que queimou a alma
E a dor que te construiu
Te dissolveu

INCENSO

Te acendi em mim
Me perfumou assim
Criou formas enfim
Durou pouco ao fim
Desejava prosperidade
Tinha aroma de canela

ACEITOU O AMOR

Mostrou-se outro
O que antes recusou
Mostrou-se novo
O que nunca amou
Hoje ama
Hoje chora
Hoje fala de amor

PROEZIA

Tentam dar nome aos meus versos
Nem eu consigo encaixá-los
Não sei se estive apaixonada
Quando os escrevi

Acontece que amor
É meu tema favorito
Falo dele até sem perceber

CICATRIZ

Outrora me queimastes
Com cigarro de paixão
Cicatriz aberta no peito
Deu-te permeabilidade em mim

Ferida aberta que logo fecha
Te expulsa de dentro de mim
Cicatrização que dura
Mais que a paixão que me prometes

Outrora me promete eterno
Agora só lembrança
Em corpo sólido
Despedaçado

A ARTE

Tirou-me do ócio
Me vendendo amor ilícito
Era arte pela arte
Ar-te dei para respirar
Ar legal
De mundo ilegal

PARECE PASSADO

Ele sonhava em ser trovador
E me cantava calado
Canções sem pudor

Seu olhar assustado
Que não em direção aos meus
Temia me tocar

Eu era só o ideal
Tema de canção
Cantei de saudade e vontade

PEIXE

Fique até o fim
Sente-se comigo
Cá na margem
Seja meu amigo
Deixe-me mergulhar
Em sua rasa alma
Como peixe de aquário
Mergulhe em mim
Não se afogue
Volte cá pra cima
Como peixe fisgado
Sente-se comigo
Cá na margem
Seja meu amigo

COMPLETO COMPLEXO

Para o meu coraçãozinho
Basta o seu
Para inteirar
A parte mais inteira
Do meu eu
Completo/incompleto

Queria que soubesse
Que mesmo tentando não ligar
Ligo muito
Mas
Você sabe
                    Porque eu ligo muito

AMOR DE CINEMA

Hoje vi cinco filmes
Nenhum deles falava de nós
Todos acabaram em amor
Nós não acabamos nem em ação

INSTANTÂNEO

Eu tinha medo de você
Você tinha medo de mim
Vivemos uma vida inteira
Em 10 segundos de encontro

GUILHOTINA

Todo sentimento morreu
Em praça pública
Decapitado
Rolou escada abaixo
Finalmente deu-se fim
Ao que não fez bem

Ninguém achou o fim
No fim da escada

Nunca existiu

SACIAR

Parecia sede
Era tristeza entalada na garganta
Que quando saciada
Foi tempestade em copo d'água

Afeto
que
envolve

Amor
que
assassina

Me
Faça
Imortal

Amo
Amo muito
Só não sei a quem amar
Modifico-me tanto
Que de amores tontos
Não sei me localizar
Enfim
                    Amo
Amo muito

Sentindo
Não se esquecerá
Mesmo não sabendo
Sentimento
Saberá

INVÁLIDO

Você era a minha melancolia
De sábado à noite
Hoje, é lembrança ruim
Para sempre será
Porque a tristeza do passado
Não vale para amanhã
Nem nunca valerá

DESASTRE

Que mal eu tenho
Não derrubo ponte
Não erro previsões
Não destruo matas
Não incendeio lotes
Não extraio recursos
Não causarei explosões

Causo apenas desastre emocional

DOIS

Não precisou me dar palavras
Enquanto precisei criar dois uni-versos
Não precisou existir para fazer sentir
Enquanto tive que expor em palavras
Sentimentos que nem sei se senti
Criei você
Pois me faça o favor de me recriar

INFINITO

Azul que enxerga o turquesa que quiser
Piscina que enxerga o mais turvo que tiver
Eu, que enxergo todo tom de azul que você é

AMARELO

Além da cor de meus cabelos
Me conforta
Me acolhe
Me abraça

Consigo declarar minha total doçura
Em um simples coração amarelo
No meio de uma conversa
Ou solto
Como meus pensamentos profundos
E meus sentimentos confusos

EDITORAS ASSOCIADAS

QUIXOTE+DO EDITORAS ASSOCIADAS
WWW.QUIXOTE-DO.COM.BR
31 3324.1610
31 3227.3077

CATALOGAÇÃO NA PUBLICAÇÃO (CIP)

S281
Scalambrini, Isabelle
A cor dos meus versos / Isabelle Scalambrini. –
Belo Horizonte : Quixote+Do Editoras Associadas, 2018.
64 p. ; 125 x 185 mm

ISBN 978-85-66256-22-2

1. Poesia brasileira I.Título
CDD B869.15

BIBLIOTECÁRIA RESPONSÁVEL Fernanda Gomes de Souza CRB-6/2472

REVISÃO
Valter Braga

ILUSTRAÇÃO — CAPA
Luiza G. Oliveira Reinheime
www.blackbirdatelier.com.br

PROJETO GRÁFICO E DIAGRAMAÇÃO
Caroline Gischewski

Esta obra foi composta em Lora e Novecento wide
sobre Papel Pólen Bold 90g/m², no verão de 2018,
para a Quixote+DO Editoras Associadas